-PAD'R

BALLES ET MASQUES

CHRONICA

FLASHEZ
CE QR CODE AVEC
VOTRE SMARTPHONE.
J'AI DEUX MOTS À
VOUS DIRE...

COURTOIS INVITE VANASCH À MADRID...

INÉDIT

16 décembre 2019. Quand le meilleur gardien du monde de hockey rencontre le meilleur gardien du monde de foot (deux Belges, Cocorico !!), que font-ils? Bah, ils échangent leurs maillots évidemment...

STANDARD - ANDERLECHT : QUI SE CASSERA LES DENTS ?

14 décembre 2019. Standard-Anderlecht. L'occasion était trop belle: je ne pouvais pas la laisser passer. Ou plutôt... mon crayon ne pouvait la laisser passer. Vercauteren vs Preud'homme. Vous me suivez ?

STANDARD : UN TERRAIN DE M.....

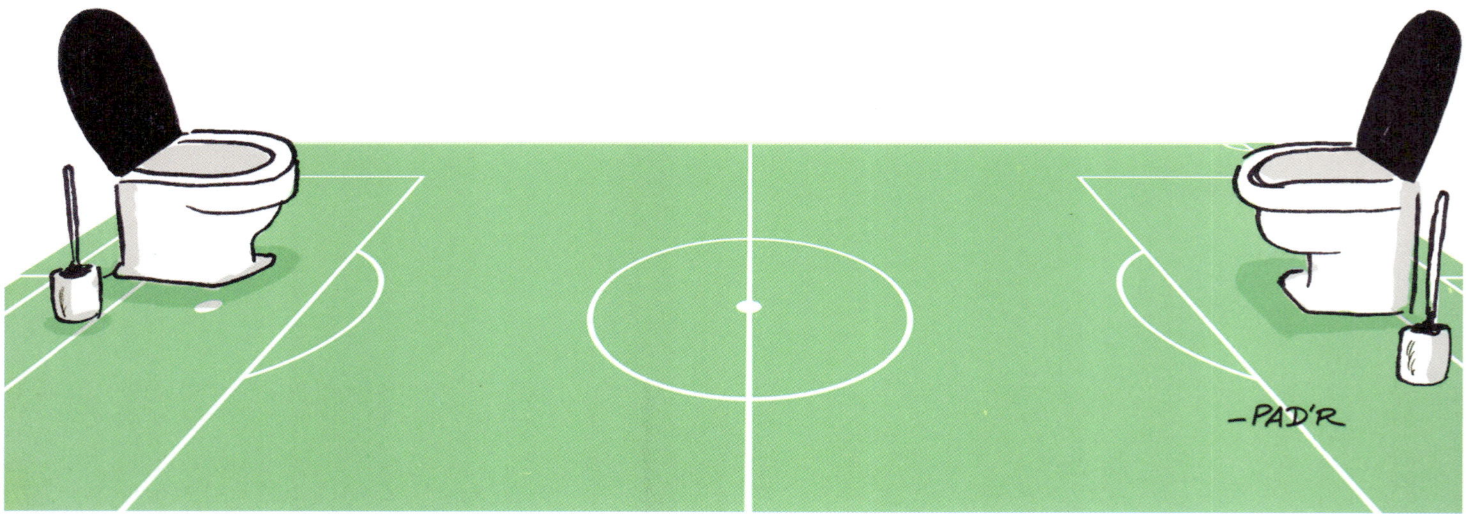

16 décembre 2019. Le Standard partage les points avec Anderlecht, ce qui n'est pas au goût de Michel Preud'homme qui pointe du doigt le « terrain de merde » (sic). Pourtant, ça devrait porter bonheur quand on marche dessus, non ?

POUR LA DERNIÈRE FOIS, BERTO, LÂCHE CETTE BALLE ET SUIS-MOI !!
NAN !!
PAD'R

6 janvier 2020. Transfermarkt, expert dans l'évaluation de la valeur marchande des joueurs de foot, estime que Kevin De Bruyne vaut plus que Lionel Messi. Faut dire que 33 ans pointent déjà au compteur de l'Argentin. De là à dire que sa carrière commence à partir en c…

INÉDIT

Malgré des incendies historiques en Australie, l'équipe des Red Lions se rend aux pays des kangourous pour des matchs dans le cadre de la Hockey Pro League...

INÉDIT

Quelques dessins que j'ai réalisés pour le magazine Ciné-Télé Revue qui m'avait interrogé dans le cadre de la promo de Joyeux Bordel (2019).

QUI EST LE MEILLEUR GARDIEN DU MONDE ?

6 janvier 2020. Thibaut Courtois réalise une saison exceptionnelle au Real. Il saute, prévient, ne prend jamais de gamelle, attrape la baballe. Un vrai bon chien de garde quoi !

GOFFIN S'OFFRE NADAL

11 janvier 2020. Goffin bat Nadal à l'ATP Cup. Beau cadeau au lendemain de… mon anniversaire. Ca ne s'invente pas !

13 janvier 2020. Anthony Vanden Borre ou l'éternel retour annoncé. Le chemin de croix pour l'arrière droit anderlechtois va-t-il s'arrêter un jour ou boira-t-il le calice jusqu'à la lie...(corne bien sûr)

YARI VERSCHAEREN ÉLU ESPOIR DE L'ANNÉE

INÉDIT

13 janvier 2020. Yari Verschaeren est élu meilleur espoir à la soirée de Gala du "Soulier d'Or". La suite logique pour ce joueur de 19 ans qui a connu les joies de sa première sélection en équipe nationale 5 mois auparavant. Yarigole bien en ce début d'année...

QUE VA APPORTER PHILIPPE CLOSE À ANDERLECHT ?

DH LES SPORTS+ **18 janvier 2020.** Dans le nouveau casting du RSCA figurent Patrick Lefevere, sur son vélo, et Philippe Close, amateur de rugby. Logique.

VANAKEN TROP CASANIER ?

20 janvier 2020. Vanaken remporte le « Soulier d'or ». Après Van Himst, Van Moer et Ceulemans, il est le 4ème à gagner deux Souliers d'or consécutivement. Certains le jugent trop casanier. Moi je pense surtout qu'il se préparait déjà au confinement !

Jeu de mots trop tentant pour ne pas le faire. Cherchez pas plus loin...

20 janvier 2020. Wouter Vandenhaute, propriétaire des courses cyclistes en Flandres, devient conseiller externe du RSC Anderlecht. Quoi de plus normal quand on perd les pédales...

20 janvier 2020. Robbie Rensenbrinck nous quitte à l'âge de 72 ans. Avec sa disparition, c'est une fameuse page du club bruxellois qui se tourne. Certains disent même un chapitre entier…

LE HOLD-UP D'ANDERLECHT

20 janvier 2020. Anderlecht vole les 3 points contre la lanterne rouge, le Cercle de Bruges, en inscrivant les deux buts à la 87ème et 94ème minute. Sors de ce corps, Felice !

LE MONDE DU FOOT REND HOMMAGE À BRYANT…

20 janvier 2020. Ca sent la vanne à Frank Peterkenne, celle-là, non ? Normal : elle est de lui.

Kobe Bryant
23 août 1978 - 26 janvier 2020

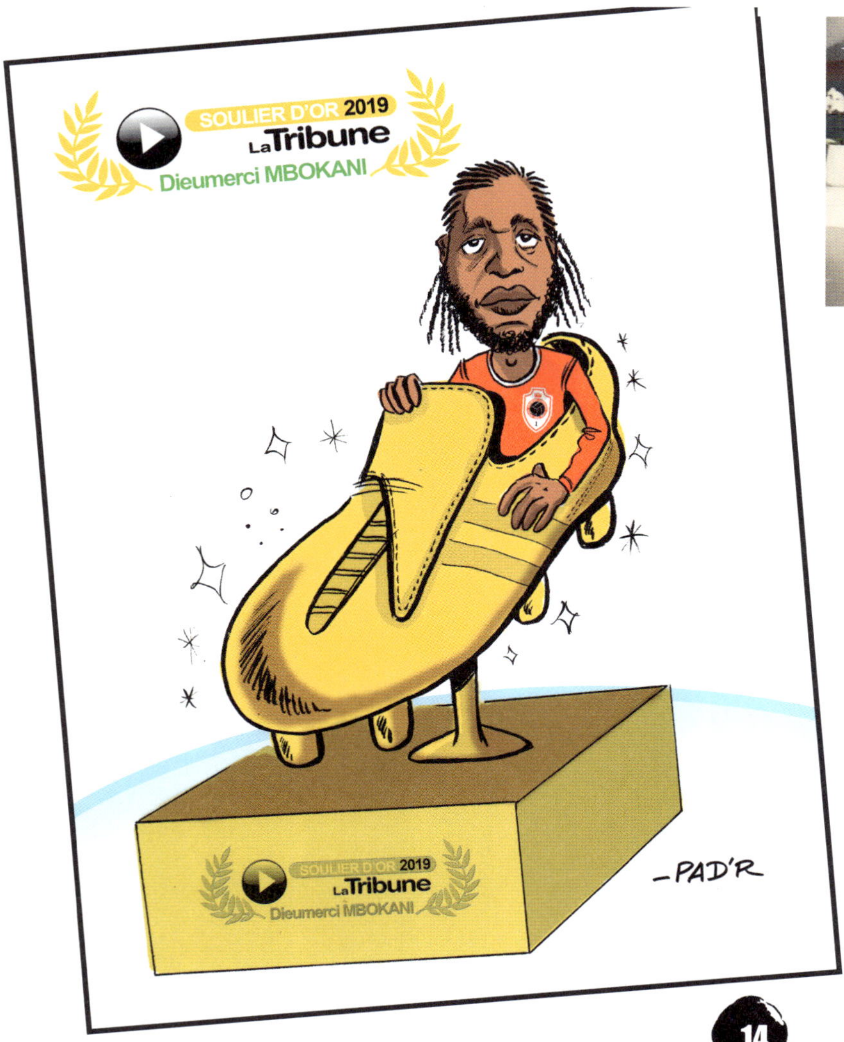

21 janvier 2020. Dieumerci Mbokani remporte le « Soulier d'or de La Tribune ». La rédaction me charge de réaliser, sous forme de dessin, le trophée qu'on remettra au joueur anversois lors de la première émission de l'année.

JOYEUSE BOËL

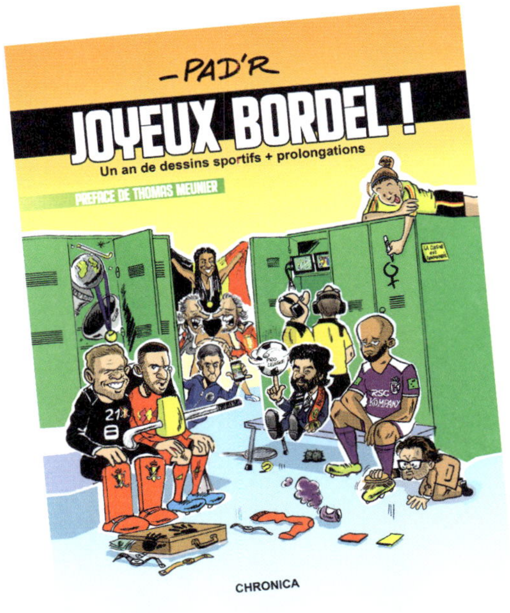

29 janvier 2020. Le Roi Albert II reconnaît être le père biologique de Delphine Boël. L'occasion était trop belle pour ne pas parodier une couverture d'album que vous connaissez peut-être...

CARRASCO RETROUVE L'ATLÉTICO DE MADRID

DH LES SPORTS+ **1er février 2020.** Mon premier dessin sur la crise du corona. Sans le savoir, je dessine ce qui allait se profiler 45 jours plus tard...

LES SORTIES DE CETTE SEMAINE

8 février 2020. Mbappé et Vertonghen se font sortir, le même weekend, en plein match, par leur entraîneur respectif. L'un aura un comportement grotesque et disproportionné. L'autre le vivra comme un véritable drame. Nature humaine, qu'il disait l'autre.

10 février 2020. L'actualité sportive n'est pas très attirante, en ce dimanche de février. Heureusement que les Belgian Cats se qualifient pour les J.O. et me sauvent du syndrome de la page blanche.

STUDIO La Tribune

10 février 2020. L'infirmerie du Sporting d'Anderlecht continue de se remplir. Mon crayon ne rate pas l'occasion de pointer la situation du bout de la mine... même si, je sais, il ne faut pas tirer sur l'ambulance.

STUDIO La Tribune

10 février 2020. Romelu Lukaku inscrit son 17ème but et contribue à la victoire de l'Inter, dans le derby milanais. Sa célébration, déjà culte, de son but, pourrait servir au sculpteur qui immortalisera Romelu un jour, peut-être devant le stade San Siro.

Rencontrer El Coach...

@fpatty

Généralement, le 14 février, je le consacre à ma tendre moitié. Rituel annuel auquel personne n'échappe. Mais passer un moment en compagnie de Roberto Martinez, un jour de Saint-Valentin, n'empêche en rien de respecter les traditions amoureuses. C'est en effet à cette date que le coach des Diables Rouges avait accepté de se rendre au club d'affaires montois, le Club 44, pour un business lunch. Un club où j'avais eu l'honneur, un mois plus tôt, d'aller présenter Joyeux Bordel, mon recueil annuel des dessins 2019... Et les organisateurs avaient décidé d'offrir à Roberto une caricature géante, sous cadre, en guise de remerciement.

C. Charlot

Un grand honneur... mais aussi une bonne dose de pression pour moi. Car, cet homme-là force le respect: c'est quand même le coach qui aura emmené les Diables au plus loin dans un Mondial. Inutile d'évoquer les frissons, l'adrénaline que son équipe et lui nous ont procurés en 2018. Ni tous les espoirs qu'il nous permet de placer dans le prochain Euro... en 2021 si tout va bien. Le dessin que je lui ai offert s'intitule « Pride of Belgium ». Et je m'étais imaginé de « martinezer » l'ensemble des grands symboles de notre pays : d'un paquet de frites ou d'une pinte en forme de Roberto aux boules de l'Atomium en passant par le Lion de Waterloo, son lieu de résidence...

C. Charlot

MARTINEZ CROIT AU RETOUR DE FELLAINI CHEZ LES DIABLES...

15 février 2020. A mon retour de Mons où je venais de rencontrer le coach himself, je savais à l'avance que ses propos tenus au business club, le CLUB44, me serviraient pour mon dessin du lendemain dans la DH. Merci coach !

TEMPÊTE "KIM" PRÉVUE SUR DUBAÏ...?

17 février 2020. Une tempête dans un verre d'eau, surtout. Notre Kim se fera sortir par l'Espagnole Garbiñe Muguruza. Cela dit, revenir après 8 ans d'absence, je suis sûr que c'est dans ses cordes. Dans son cordage même.

STUDIO La Tribune

17 février 2020. Si je devais retenir un dessin pour résumer la saison d'Anderlecht, ce serait sans aucun doute celui-ci. Il n'a pas de texte. On comprend tout de suite les différences qui existent entre les deux coachs et on peut deviner le dénouement final.

QUI DU STANDARD OU DE CHARLEROI DEVANCERA L'AUTRE ?

STUDIO La Tribune

18 février 2020. On se dit, en coulisses, que ce sera la dernière saison de Michel Preud'homme en tant que coach du Standard. Un personnage que j'adorais dessiner. Du coup, chaque occasion est bonne pour moi pour le croquer encore.

SANS L'EUROPE, MANCHESTER C'ÉTAIT...

STUDIO La Tribune

18 février 2020. J'aurais pu aussi écrire « Manchester se tait » ou « Manchester ci-gît » mais je me suis surtout promis, en faisant ce dessin, de ne plus revenir sur les parties intimes de Kevin.
J'ai assez joué avec...

APRÈS CIARA, APRÈS DENNIS...

22 février 2020. Les tempêtes qui s'abattent sur nos régions, se suivent par ordre alphabétique... Après C pour Ciara, D pour Dennis, la lettre E est tout de suite trouvée.

24 février 2020. Le duo Kompany-Vercauteren c'est Laurel & Hardy. Depardieu et Pierre Richard dans les films de Francis Veber. C'est le clown blanc et l'auguste sur la piste d'un cirque. J'aurais pu sortir une BD rien que sur eux en tirant sur l'élastique de leurs différences.

BRUGES...

24 février 2020. Sans tomber dans le complotisme, l'arbitrage a « un peu » aidé les Brugeois, ce dimanche-là, à battre Charleroi par le plus petit écart, alors qu' il y avait une faute énorme sur Dessoleil, le capitaine carolo. Notez qu'un coucher Dessoleil, c'est toujours beau à voir...

24 février 2020. Eden Hazard a été touché à la même cheville qui l'avait éloigné des terrains pendant un long moment. La Belgique entière retient son souffle dans la perspective de l'Euro 2020. Dans le même temps, on parle de plus en plus du covid...

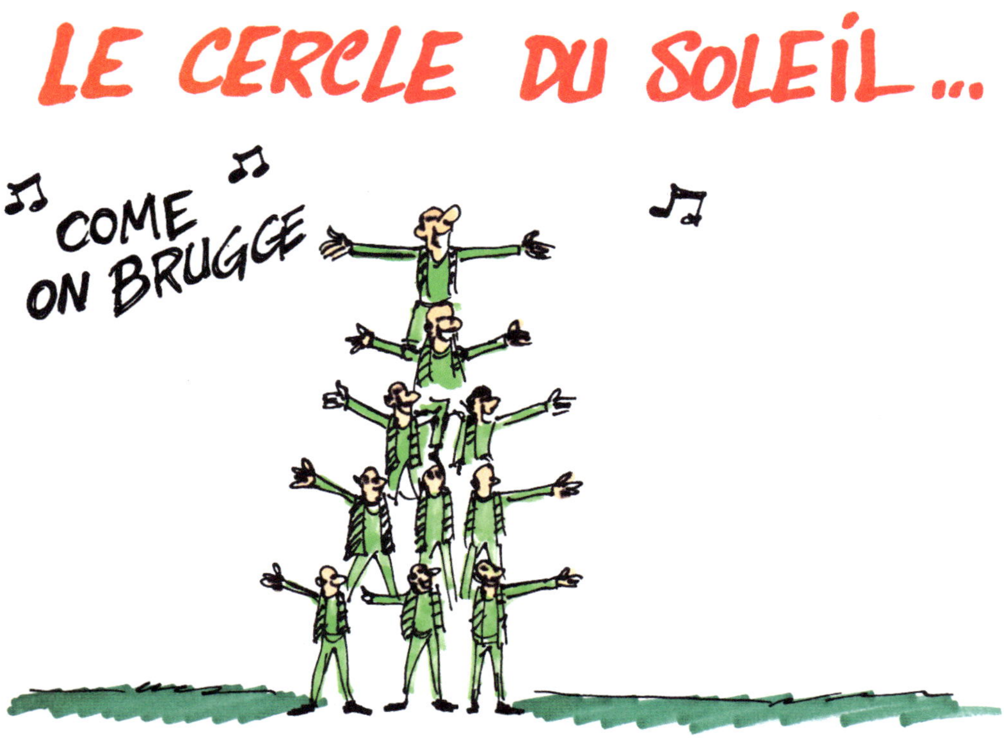

24 février 2020. Le Cercle fait un fameux pas dans la course pour le maintien en D1A.

LE KEVINOVIRUS GAGNE DU TERRAIN...

29 février 2020. La De Bruyne-mania devient virale. Et c'est vrai qu'on est tous un peu infectés en voyant ce *tousse à tout*.

2 mars 2020. Charleroi bat le Standard 2-0. Une première depuis 2015. Sale carnaval pour Michel Preud'homme et ses troupes.

2 mars 2020. Eden Hazard est arrivé à Dallas pour se faire opérer à la cheville droite. Sera-t-il rétabli pour l'Euro 2020 ? Je suis comme Saint Thomas... Meunier.

2 mars 2020. Le genre de vanne qu'il faut vite faire avant que d'autres ne la fassent.

2 mars 2020. Le coq wallon n'est plus rouge mais bien zébré. Peut-être que les prochaines fêtes de Wallonie devraient se faire du côté de Charleroi désormais. Mais je saute du coq au zèbre, là.

9 mars 2020. Zinho Vanheusden tacle Alexandre De Bruyn de manière assez violente. Carton rouge logique.

ET SINON, MICHEL, CETTE PREMIÈRE MI-TEMPS ?
COMMENT ?

KOF! KOF!
PO2
KIT de SURVIE PLAYOFFS1
GEL
PAD'R

DH LES SPORTS+

7 mars 2020. Petit florilège de dessins en ce début de période de coronavirus qui arrive chez nous. L'angoisse s'installe… On ne sait pas encore grand-chose sur ce qui sera qualifié de pandémie par l'OMS, si ce n'est ce nom qui ressemble à un nom de droïde dans « Star Wars » : Covid-19.

STUDIO La Tribune

9 mars 2020. C'est devenu une sorte de fil rouge, ce dessin. Chaque année, Thierry Luthers explique sur le plateau de « La Tribune » comment fonctionnent les P02 et chaque année, ça me fait rire car, il est vrai, l'exercice n'est pas simple.

MATCHS À HUIS CLOS ?

9 mars 2020. Et déjà, on évoque les matchs à huis clos. C'était avant que le Conseil National de Sécurité n'ait lieu et que nos vies deviennent masquées et quasiment gelées.

CORONAVIRUS LEAGUE : JOURNÉE 1

14 mars 2020. Les terrains de foot ressemblent à une morne plaine... Tout est arrêté de façon brutale. A l'instar de bon nombre de Belges, je n'ai pas vraiment le moral au moment où je réalise ce dessin.

CROQUIS **8 mars 2020.** Dessin au vitriol, j'avoue, par rapport à Dembele. C'est aussi mon rôle de laisser mon crayon se lâcher un peu... Ce dessin vous le connaissez peut-être car il faisait partie des nombreux inédits de mon livre « CROQUIS » sorti au printemps 2020.

16 mars 2020. La difficulté de ce dessin était qu'on reconnaisse les Diables, alors qu'ils sont habillés et masqués pareils. Pardonne-moi Kevin, je n'ai trouvé que ça...

14 mars 2020. Les premiers mots et gestes qui deviendront notre quotidien commencent à circuler, à l'instar du virus… On applaudit le personnel soignant, on nous explique les distances sociales, les masques FFP2… Je me nourris de tout ça, bien sûr, dans mes dessins dont celui-ci.

INÉDIT

17 mars 2020. A force de se voir et de se revoir, je commence à bien connaître John-John... Il avait l'oeil qui pétillait quand il m'a expliqué qu'il entraînait l'équipe féminine de l'Orée. Un beau challenge pour lui et pour ses "John-John's Angels" ;-)

DH LES SPORTS+

21 mars 2020. Pär Zetterberg est viré par le Sporting d'Anderlecht pour raison financière. Déjà une première victime de la crise du covid ? Qui perd Pär gagne, se dit-on au Sporting.

LES HÉROS DU GAZON 3...

23 mars 2020. La Belgique est confinée. Sur les réseaux sociaux, on évoque déjà les coupes de cheveux ratées, les prises de poids dues au confinement. Tout ça me rappelle une télé-réalité avec une équipe de foot du côté d'Yvoir et dont je possède le maillot dédicacé par tous… euh… les « joueurs » :-)

30 mars 2020. Nous sommes en l'an 80 après Pelé. Toute l'Europe est occupée par le coronavirus... Toute ? Non ! Un village peuplé d'irréductibles Allemands résiste encore et toujours à l'envahisseur. Dortmund est le seul club qui a repris les entraînements, en prenant des risques inconsidérés. Le ciel leur est tombé sur la tête, c'est sûr.

DORTMUND REPREND LES ENTRAÎNEMENTS...

INÉDIT

Vincent Kompany fête ses 34 ans et collectionne toujours les posters de Pep Guardiola dans sa chambre en revisionnant ses anciens matchs. Vince a gardé son âme d'enfant et c'est peut-être ça qui me fait dire que son projet pourrait fonctionner. "Ils ne savaient pas que c'était impossible, alors ils l'ont fait" disait l'autre.

L'AVANTAGE D'ÊTRE EN D2 AMATEURS...

11 avril 2020. Le Standard est recalé par la Commission des licences de la Fédération belge de football. Les gros titres des journaux évoquent une possible relégation en D2 amateurs. Il n'en sera rien mais le temps d'un dessin, j'ai imaginé la chose. Cocasse bien sûr.

LE SPORT SOUS L'ÈRE DU CORONAVIRUS...

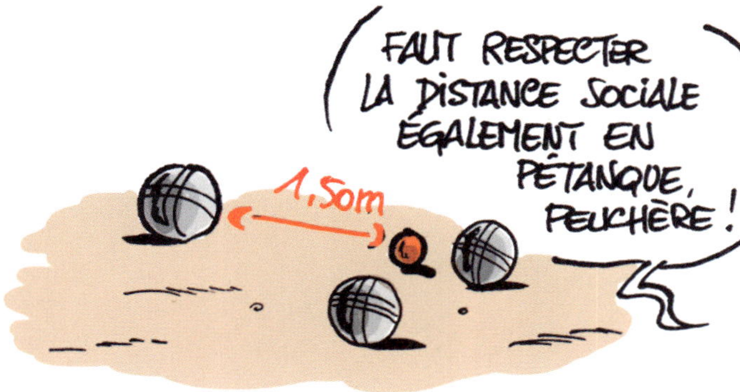

13 avril 2020. Presqu'un mois de confinement. Et le sujet est intarissable. J'aurais pu en faire tout un livre qui serait devenu viral, of course.

DH LES SPORTS+

18 avril 2020. Qu'on aime le foot ou pas, bon nombre de Belges ont encore en mémoire ce témoignage poignant de Marcel Javaux au JT… Lui, et sa femme Josette, ont échappé à la mort en vainquant le coronavirus. Faut pas se frotter à Marcel !

DH LES SPORTS+

25 avril 2020. Président des Francs Borains, Georges-Louis Bouchez ? Fallait que je le croque, lui qui a déclaré, sans rire, que son club serait en D1A en 2025, soit dans 4 ans… Hum! Cela dit, le principal intéressé semble avoir apprécié mon dessin. C'est déjà ça.

DH LES SPORTS+

27 avril 2020. Thomas Meunier a discuté avec José Mourinho de son éventuelle venue à Tottenham cet été. Mais ça, c'était avant qu'Axel Witsel n'intervienne pour le transfert de Thomas à Dortmund, à raison de 5%, comme l'avouera cet amateur d'Orval.

DH LES SPORTS+ **20 avril 2020.** Alors que la Belgique se rapproche tout doucement d'un déconfinement, certains clubs ont déjà repris les entraînements. Et pourquoi cela se limiterait aux clubs ? Hein ?

L'ARRÊT DES COMPÉTITIONS... OU PAS ?

STUDIO La Tribune **27 avril 2020.** Une mini-émission de « La Tribune » a lieu. Je reprends un peu du service. Ca fait du bien au moral, moi qui vis très mal ce confinement pour des raisons personnelles. L'idée de ce dessin m'est venue en faisant la file au supermarché du coin. Ca ne s'invente pas !

CROQUIS **2 mai 2020.** En 2019, j'avais réalisé un dessin suite à la demi-finale de la Coupe du Monde 2018 laissant entendre que les supporters ne voudraient plus se rendre en France pour les vacances. Mais en Italie. En plein coeur du confinement... les choses avaient forcément changé...

STUDIO La Tribune

4 mai 2020. Tout comme Axel Witsel, Marouane Fellaini vient en aide au Standard et accepte d'investir pour le nouveau stade. Mais bon... c'était plus drôle de mettre « Pour rester en D1 » sur le panneau, j'avoue.

PROLONGATION POUR ROBERTO MARTINEZ

DH LES SPORTS+

2 mai 2020. On attendait la nouvelle avec impatience : Bobby rempile donc encore pour deux ans à la tête des Diables Rouges, soit jusqu'au Qatar 2022. Et plus si affinités… ou pesetas ?

STUDIO La Tribune

11 mai 2020. Le covid aura changé bien des choses en 2020. Mais pas l'esprit combatif des joueurs, comme ceux du Stade du Pays de Charleroi.

LE CLUB DE BRUGES VA REMBOURSER SES ABONNÉS

DH LES SPORTS+

2 mai 2020. Les supporters brugeois sont plus de 60% à réclamer une indemnisation pour les cinq ou six matchs dont ils n'ont pas pu profiter. Ils ne font pas dans la dentelle, de Bruges donc.

DIVERS CLUBS EUROPÉENS CONTAMINÉS PAR LE CORONAVIRUS

11 mai 2020. Je sais… C'est acide.

16 mai 2020. La veille, la Pro League a annoncé l'arrêt définitif de la saison en Belgique et entériné le titre pour le FC Bruges. A époque étrange, célébration étrange où les écrans, qu'on montrait du doigt hier, deviennent nos seuls liens avec l'extérieur, aujourd'hui.

LE FOOT DEVRA SE REINVENTER...

IVAN LEKO DEVRAIT CASSER DES BRIQUES À L'ANTWERP!

DH LES SPORTS+ **23 mai 2020.** Je cherche mon idée pour le journal. L'inspiration ne vient pas. Mon fils de 12 ans interrompt mes pensées pour me demander de déboîter une brique LEGO qu'il a mal emboîtée. La minute d'après, j'avais ce dessin.

L'UNION SAINT-GILLOISE À L'HEURE DU "FELICE TIME"

DH LES SPORTS+ **25 mai 2020.** Felice Mazzu ne devra pas enfiler à nouveau son training de prof de gym. Il signe à l'Union Saint-Gilloise pour une saison avec, comme mission première, de ramener le club bruxellois en D1A. Les choses sont en train de zwanzer à l'Union.

CROQUIS

2 mai 2020. Le jeudi 28 mai, Marc Coucke a décidé de laisser son poste de président d'Anderlecht à Wouter Vandenhaute. L'occasion de sortir à nouveau ce dessin quelque peu prophétique et tiré de mon livre « CROQUIS ».

INÉDIT

GEL VAN DAMME

NOVAK
DJOCOVID

JEAN-MICHEL
SAFE

KIM CLUSTERS

MASQUE-IME LESTIENNE

PREUD'HOMME VA-T-IL QUITTER SON POSTE DE T1 ?

DH LES SPORTS+ **2 juin 2020.** Perdre un personnage pareil, c'est comme perdre un personnage principal dans une BD. C'est avoir une case en moins. Et ça me rend fou !

DRIES MERTENS PROLONGE À NAPLES

DH LES SPORTS+ **8 juin 2020.** Dessin à deux lectures puisque les gestes barrières, dont la distanciation sociale, sont toujours d'actualité. Et tout ça nous rend moroses, nous déprime et nous rend Drieste.

PHILIPPE MONTANIER DÉBARQUE AU STANDARD...

DH LES SPORTS+

13 juin 2020. Alors qu'on détruit certaines statues un peu partout dans le monde, le Standard officialise l'arrivée de cet entraîneur français qui va me donner du fil à retordre graphiquement. Quand je vous disais que Preud'homme allait me manquer…

15 juin 2020. La mort de George Floyd lors d'un simple contrôle de police, mène à une vague de protestations, et pas seulement aux Etats-Unis. Cela réveille en moi cette question à laquelle aucun dirigeant ne donne une réponse claire et nette : comment supprimer le racisme dans les stades ? On attend toujours la réponse...

MARCEL JAVAUX ARRÊTE "LA TRIBUNE"

DH LES SPORTS+ **20 juin 2020.** Il me l'avait déjà dit en aparté, mais j'avais des doutes car Marcel était déjà revenu sur sa décision à plusieurs reprises. Cette fois-ci, par contre, c'est pour de bon ! Marcel se donne le carton rouge lui-même, selon son propre libre arbitre.

DH LES SPORTS+ **22 juin 2020.** Le dessin que certains supporters du PSG n'ont pas compris (ou n'ont pas voulu comprendre..). Il explique bien la situation de Thomas Meunier qui se dirige de plus en plus vers Dortmund, avec soulagement. Thomas m'expliquera, avec amusement, que des groupes de supporters parisiens ont utilisé mon dessin pour en faire une banderole lors d'un match. Z'ont vraiment rien compris…

INÉDIT

Dans ce dessin, tout est dans le regard... J'y ai dessiné une Nafi triste et totalement désemparée par une année 2020 qu'elle a certainement, comme beaucoup de sportifs, envie d'oublier au plus vite...

INÉDIT

30 mai 2020. Jonathan, Kevin et Dylan Borlée annoncent qu'ils se concentreront, durant l'été, sur le 100 mètres et le 200 mètres. Pour l'occasion, ils ne feront plus appel à leur père pour les entraîner mais à un entraîneur français, Guy Ontanon.

LES DIABLES CONNAISSENT LEUR CALENDRIER POUR LA LIGUE DES NATIONS...

27 juin 2020. Et je ne vais pas leur jeter la pierre : je ne suis vraiment pas fan de cette Nations League non plus. J'avoue…

"DJOCOVID" RÉPOND AUX CRITIQUES SUR INSTAGRAM

29 juin 2020. Très critiqué suite au fiasco de l'Adria Tour où lui et trois autres joueurs ont été contrôlés positifs au covid, le joueur de Serbie répond aux critiques via Instagram. Son père s'était également fait remarqué sur la toile, en accusant Grigor Dimitrov d'avoir ramené le virus sur le tournoi de son fils. Un papa, ça serbe toujours à quelque chose, après tout.

MONS : L'ALBERT EST DE RETOUR !

INÉDIT

30 juin 2020. C'était dans l'air, Albert ! Voici donc que le club montois va refaire son apparition. On souhaite déjà qu'il retrouve leur statut d'antan, là où d'autres perdent leurs statues.

Quand il a accepté de rédiger la préface de Joyeux Bordel, mon livre précédent, j'étais enchanté. Et quand il m'a dit, à ce moment-là, qu'un jour on collaborerait, je me suis posé quelques questions. Était-il sérieux ? Qu'allions-nous faire ? J'étais perplexe, bien que ravi. Lui, Thomas Meunier. L'un de nos meilleurs joueurs. Un Diable Rouge. Et pas n'importe lequel: l'artiste. Comme dans les Schtroumpfs, ils ont tous leurs spécificités parmi les Diables : je ne citerai pas les Schtroumpfs grincheux, moqueur ou Schtroumpf blessé. Mais Thomas, lui, c'est l'artiste. Il a fallu quelques temps avant que les choses ne se mettent en place. Et pour cause: il a attendu d'arriver à Dortmund pour me demander de réaliser, à intervalles réguliers, quelques dessins pour ses réseaux sociaux. Une grande fierté. Une honneur que de croquer Thomas et ses compagnons de balles pour ses réseaux sociaux. J'apprécie d'autant plus la démarche qu'elle est rare aujourd'hui. C'est même une première à ma connaissance. Qu'un sportif de ce niveau décide de jouer la carte de l'autodérision sur ses médias sociaux est inédit. Généralement, les sportifs ne partagent que des photos d'eux superbement travaillées, des images pro très soignées qui les mettent en scène sous leur meilleur jour. Ici, mes dessins apparaîtront de manière régulière sur ses médias en le croquant de façon humoristique. N'est-ce pas innovant ? J'adore, surtout que… j'ai carte blanche. En plus, c'est plutôt chouette de dessiner Thomas Meunier. Il a un visage qui se prête bien à la caricature. Je ne le ménage pas, et (je crois que) ça le fait rire…

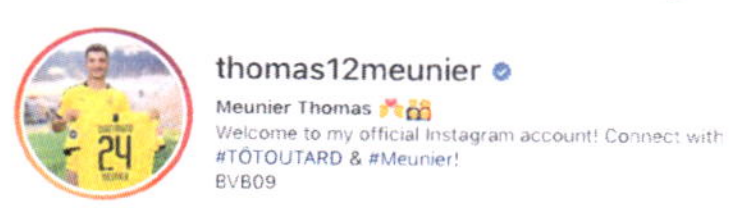

CROQUIS **30 mai 2020.** On remarque surtout dans ce dessin, que je n'ai pas encore Thomas dans mon crayon. Je trouverai l'angle plus tard, à force de travailler son faciès sur base de plusieurs photos.

thomas12meunier
Meunier Thomas
Welcome to my official Instagram account! Connect with #TÔTOUTARD & #Meunier!
BVB09

26 juillet 2020. Pour ce dessin-là, c'est Thomas qui est devenu mon scénariste d'un jour. On cherchait des idées au téléphone et puis, il m'a sorti cette vanne qui m'a fait rire, en lui disant qu'il n'allait pas se faire des amis du côté de Munich. Ce qui a l'air de l'amuser, par ailleurs.

thomas12meunier
Meunier Thomas
Welcome to my official Instagram account! Connect with #TÔTOUTARD & #Meunier!
BVB09

11 août 2020. Dortmund part en stage en Suisse. Du coup, Thomas me glisse à l'oreille « Tu te souviens de la pub pour Ricola ? » Ok Thom ! Faut pas me faire un dessin.

INÉDIT

DISCOURS DE RENTRÉE

Quelques crayonnés d'idées envoyées à Thomas...

DH LES SPORTS+

4 juillet 2020. Kevin De Bruyne aura survolé toute la saison de Premier League. Auteur de 20 passes décisives, le meneur de jeu belge a également été très performant devant les buts. Auteur d'un magnifique doublé, il porte son compteur à 13 buts pour cette saison. C'est Stephan Streker qui jubile.

4 juillet 2020. C'est cynique et pourtant…

11 juillet 2020. Les décisions de l'AG de la Pro League du 15 mai, qui avait décrété l'arrêt définitif du championnat et la relégation de Waasland-Beveren, sont invalidées pour le CBAS. Mais la Pro League fait la sourde oreille. Ou quand un dessin résume bien mieux la situation…

13 juillet 2020. Premier match de préparation sous l'ère de l'ancien coach de Charleroi pour l'Union Saint-Gilloise face au voisin du Crossing Schaerbeek. Première défaite aussi. Un peu sonné… Un coup de Mazzu sur la tête, quoi.

DH LES SPORTS+ **20 juillet 2020.** Ca me démange de caricaturer ces nouvelles têtes de notre quotidien, d'autant plus que ce sont de bons clients, nos épidémiologistes... Ah oui ! Et heu… Accessoirement, Vincent Kompany se blesse à nouveau.

MICHEL LECOMTE JOUE LES PROLONGATIONS...

Télépro **22 juillet 2020.** La qualité de l'air, le retour des dauphins, l'absence de racisme dans les stades et la prolongation de Michel Lecomte… Le covid a ses bons côtés.

WAASLAND BEVEREN NE LÂCHE RIEN...

25 juillet 2020. L'affaire de Waasland-Beveren devient le feuilleton de l'été.

ANDERLECHT JOUERA À HUIS CLOS EN AOÛT

27 juillet 2020. J'observe les gens partout, tout le temps. J'enregistre parfois dans ma tête certains visages. Je les griffonne et parfois, ils ressortent comme ça… C'est le cas de ces deux personnes qui sont peut-être supporters… ou pas!

1er août 2020. Dernier numéro du spectacle, Mesdames et Messieurs ! Waasland-Beveren revient sur la piste de la Pro League pour y faire encore un tour sous vos applaudissements !

3 août 2020. L'épidémiologiste Van Ramst tire la sonnette d'alarme auprès des joueurs de foot après la finale de la Croky Cup remportée par l'Antwerp. Il y est vrai qu'il y a un contraste entre ce que préconise le récent Conseil Nationai de Sécurité et les images des joueurs s'enlaçant sur le terrain.

TOUR DE LOMBARDIE. 15 AOÛT 2020...

INÉDIT

15 août 2020. Comme bon nombre de téléspectateurs devant leur télé ce jour de l'Assomption, la chute de Remco Evenepoel du haut d'un pont me laisse sans voix... Le temps s'arrête, comme suspendu. Précipité dans le vide, on craint le pire pour ce jeune prodige. Il s'en tirera avec une fracture du bassin et une contusion pulmonaire. Ouf !

DH LES SPORTS+

17 août 2020. Le Sporting de Charleroi, seul leader du championnat après seulement deux journées, est fêté par ses supporters derrière les grilles, huis clos oblige. Ils seront très vite rejoints sur le trottoir d'en face, par les joueurs et leur coach. Déjà une des images fortes de ce championnat qui ne sera, forcément, pas comme les autres.

KOMPANY PRÉCONISE LA BULLE DE 1...

22 août 2020. Frankie Vercauteren, celui que l'on surnommait « Le petit prince du Parc », est remercié par son club de cœur, de « commun accord » avec l'autre prince, Vince, qui tiendra donc seul les rênes de l'équipe en tant que coach. Le remake d'un « Fauteuil pour deux » a un goût amer. Mon crayon se régale mais dit « au revoir » à un personnage dont la bouille lui manque déjà.

INÉDIT

VINCENT, JE PENSE QUE TU DEVRAIS SANS D
HÉ!
NOTE
...
PAS DE BALLES HAUTES LES GARS !
ON CONSTRUIT AVEC LE BALLON AU PIED !
BAF!
...FAUT OUVRIR LE JEU !
RECULEZ ! ON VA RECONSTRUIRE DE L'ARRIÈRE !
?
POC!
TROIS HOMMES ? FAUT PAS POUSSER !
TU DISAIS, FRANKIE ?
– PAD'R

DH LES SPORTS+

24 août 2020. Karim Belhocine a l'air d'être facile à caricaturer de prime abord, mais c'est un piège. Mon crayon tourne autour depuis quelques temps. Mais je commence à dompter la bête…

DH LES SPORTS+

31 août 2020. Ouais bon d'accord, Lionel, je comprends que tu aies envie d'aller voir ailleurs à force de rester dans le même club, mais franchement, à ton âge hein ?

29 août 2020. Alors que le principe de la bulle de cinq est toujours d'application, le bourgmestre de Liège et les dirigeants du Standard trouvent un accord de principe pour faire revenir… 10.000 supporters au stade de Sclessin. Les Ultras infernos et le PHK, deux groupes de supporters liégeois n'en veulent pas : «C'est tout ou rien!» Voilà, voilà…

LE TOUR DE FRANCE EN SEPTEMBRE...

INÉDIT

Le Tour de France se déroule donc en septembre... à cause du covid, bien sûr. Les reports s'enchaînent (de vélo) et les agendas sportifs déraillent.

DENAYER, L'HOMME DU MATCH

DH LES SPORTS+ **7 septembre 2020.** Jason Denayer était attendu, vu la pension de Vincent Kompany, lors de ce match de Nations League contre le Danemark. Et il a répondu aux attentes. Un bon petit diable. Hommage à Annie Cordy qui nous a quitté la veille.

"JEAN-MI" SERA-T-IL PRÉSIDENT DU COIB?

INÉDIT

8 septembre 2020. Jean-Michel Saive a officiellement annoncé sa candidature au poste de président du Comité Olympique et Interfédéral Belge (COIB).

GOFFIN REPORTE SON MARIAGE À CAUSE DU COVID...

INÉDIT

Septembre 2020. David Goffin reporte la date de son mariage sur fond de crise sanitaire. Cette situation, peu banale, il est vrai, aura un impact sur son mental lors du tournoi de Roland Garros. On ne lui jettera pas de riz, ni la première pierre.

RWDM GIRLS

INÉDIT

C'est, sans doute, en raison de mes racines paternelles que j'ai cet attachement au club du RWDM. Cela ne s'invente pas: jeune, j'allais voir les matchs en tribunes, assis juste derrière... Raymond Goethals. Ce qui se passe, aujourd'hui, au club niveau féminin avec le RWDM Girls, a bien sûr attiré mon attention. Plus de 300 filles qui s'épanouissent et s'affirment via le foot. Quand je vois l'engouement et le rôle sociétal que joue le foot, cela efface quelque peu la grisaille due à la crise sanitaire... Go ! Girls ! Go !

MICHEL LECOMTE ARRÊTE "LA TRIBUNE"

CROQUIS

On savait depuis longtemps que le boss de la rédaction sportive de la RTBF allait, un jour, rendre son tablier. Mais pas comme ça, soudainement, en pleine crise du covid. J'ai donc imaginé ce dessin de Michel, pour mon livre « CROQUIS », sans savoir que la réalité allait dépasser la fiction. Michel Lecomte prolongera à la RTBF jusqu'en décembre 2020.

INÉDIT

Une fête pour le départ de Michel devait avoir lieu au sein de la RTBF. Celui-ci me commande un dessin pour illustrer le carton d'invitation. Je ponds 3 ou 4 idées dont celles-ci. La crise sanitaire passera par là et mes dessins, au crayon, ne serviront finalement pas...

INÉDIT

LE SUPPORTER DU STANDARD RESTE CHAUVIN...

INÉDIT

7 septembre 2020. Ces visages, vous ne les connaissez pas... Ils ont intégré ce livre car ils l'ont soutenu via un "crowdfunding" à l'annonce de la sortie de Balles et Masques. Au gré des pages, vous en trouverez d'autres... placés ici ou là, qu'ils soient supporters de Bruges, d'Anderlecht, de Charleroi, ou d'autres clubs. Merci à eux !

LATRIBUNE **7 septembre 2020.** Marcel Javaux et Michel Lecomte quittent définitivement « La Tribune ». Je gribouille ce dessin depuis la régie de l'émission, la gorge nouée et le souffle court. Non, ce n'est pas le covid.

LATRIBUNE

7 septembre 2020. Pour sa dernière télévisuelle, Marcel Javaux tenait à nouveau une forme olympique. Le fameux Olympique de Marcel, bien entendu.

INÉDIT

PRUD'HOMME, LE DIRECTEUR DU TOUR, POSITIF AU COVID...

ENFIN DU POSITIF À ANDERLECHT...

12 septembre 2020. Michel Vlap est testé positif au covid-19.

LA SAUCE BÖLÖNI N'A PAS PRIS...

14 septembre 2020. Lazlo Böloni est remercié après seulement trois rencontres. A La Gantoise, on parle d'une « erreur de casting ». Charmant.

SANS FAUTE POUR CHARLEROI

14 septembre 2020. Le Sporting de Charleroi reste invincible depuis le début du championnat. D'aucuns les voient déjà sacrés « champions d'automne », mais de là à les voir champions à la fin de la saison, c'est aller vite en besogne.

INÉDIT

L'autre feuilleton de l'été, avec celui de Waasland-Beveren, c'était bel et bien celui de la RAAL, le club de La Louvière. Au moment où je ponds ce dessin, je suis persuadé que les Loups joueront en Nationale 1 et que la justice leur donnera raison. Je gribouille vite fait Toni Turi et Salvatore Curaba, deux des dirigeants, en guise de clin d'oeil. Malheureusement, la RAAL restera bel et bien en D2 acff...

DH LES SPORTS+ **14 septembre 2020.** Le coach Kompany, désormais seul maître à bord, tient sa première victoire dans ses nouvelles fonctions en battant le Cercle de Bruges 2-0.

19 septembre 2020. Proposition de dessin pour les réseaux de Thomas. Ce dessin reste inédit. Il l'utilisera lors du match retour entre Dortmund et Mönchengladbach.

DH LES SPORTS+

19 septembre 2020. On sent que je souhaite secrètement que Vercauteren devienne le nouveau T1 de Genk dans ce dessin, non? Finalement, il n'en sera rien : Jess Thorup, après avoir été remercié par La Gantoise le 20 août dernier, refait un tour de bal en signant à Genk jusqu'en 2023.

LA JEUNESSE AU POUVOIR...

INÉDIT

21 septembre 2020. Ce dessin avait été prévu pour « La Tribune », mais par manque de temps, il n'a pas été diffusé. Cela arrive parfois...

LATRIBUNE

21 septembre 2020. Le football à l'ère du covid. Ou comment résumer la situation, sans texte, par un simple dessin.

26 septembre 2020. Les cas de covid se suivent et ne se ressemblent pas au Sporting d'Anderlecht. Vu que le nombre de joueurs approche le nombre de boules du tirage du Lotto, je me mets à gribouiller ce crobar. Et je n'oublie pas de bien insister sur le nom du stade... pour faire le rapprochement. Et puis la métaphore du tirage de maillot… Enfin, vous me suivez ? ;-)

MEHDI CARCELA REPREND ENFIN DEPUIS LE CONFINEMENT...

INÉDIT

21 septembre 2020. Mehdi Carcela n'a pas bien vécu le confinement. Cela jouera sur le mental du Standardman qui, après une traversée du désert, reviendra enfin faire sourire les supporters du Standard, et les amateurs du beau football en général.

DAVID GOFFIN, ÉLIMINÉ, N'Y ARRIVE PLUS...

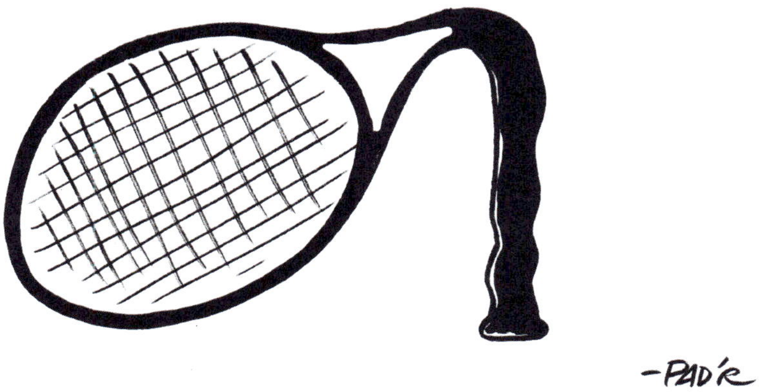

28 septembre 2020. Le syndrome de la raquette molle. Je ne vais pas vous faire un dessin non plus...

SILVIO RETOURNE À SCLESSIN, INCOGNITO...

28 septembre 2020. La vanne du « Proto rose » m'est venue assez vite. Fallait juste que je parvienne à la mettre en scène. Effet garanti sur le plateau ce soir-là dans « La Tribune »...

INÉDIT

CHARLEROI CHAMPION ? LES SUPPORTERS Y PENSENT DÉJÀ...

ROMELU NOMMÉ MEILLEUR JOUEUR DE L'EUROPA LEAGUE !

3 octobre 2020. Chaque jour qui passe, Lukaku fait taire un peu plus ses détracteurs et leur mauvaise langue. A moins que ce ne soit purement de... la mauvaise foi. Ce qui ne m'étonnerait pas.

3 octobre 2020. C'est le gros coup du mercato : Anderlecht vend sa perle rare, Jérémy Doku, au Stade Rennais pour la somme de 26 millions. De quoi combler un peu "les erreurs du passé" comme le disait Vincent Kompany. Il ne vise personne mais on a compris.

LATRIBUNE

5 octobre 2020. Dries Mertens ne sera pas dans le noyau avec les Diables Rouges, qui doivent jouer trois rencontres en ce début d'automne 2020... Et pour cause, les autorités sanitaires ont imposé une quarantaine à 20 joueurs du Napoli dans un hôtel napolitain.

LATRIBUNE

5 octobre 2020. Vincent Langendries, l'éditeur de "La Tribune" de ce soir-là, me donne comme sujet, entre autres, le mercato. Je gribouille des éléments sur ma feuille... Une montre, de l'argent, des flèches... J'ai assemblé les éléments dans un rectangle sans savoir que mon dessin était en train de se créer sous mes yeux.

LATRIBUNE

5 octobre 2020. Et le contrat a été bien rempli entre Anderlecht et le Stade Rennais. Beaucoup de Dokuments quoi...

GLS
GLS
GLS
C'EST AUTORISÉ COMME MUR, ÇA ?
D. MERTENS
14
7
?

CROQUIS Challenge

SAISON 1

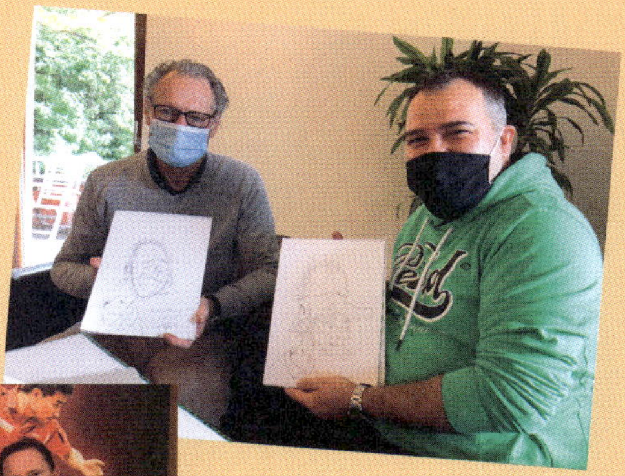

C'est en plein confinement qu'est née l'idée de mon petit livre « Croquis ». Le concept ? Un carnet de notes (ou plus précisément de croquis) regroupant à la fois des gags inédits que m'a inspirés la situation incroyable dans laquelle le coronavirus nous a tous plongés, et des « tutos » de nos grands sportifs. A l'époque, tout le monde cherchait à s'occuper, ou à occuper les enfants bloqués chez eux. Et quelques tutos partagés sur les réseaux m'ont confirmé que le concept plaisait. Et tant pis si je donnais au public la méthode pour… dessiner à ma place. Ah ah ah. C'est ainsi qu'est né le concept du livre Croquis… et qu'un certain nombre de personnes se sont alors mis à gesticuler du crayon et à partager leurs œuvres, sur les réseaux ou directement par message avec moi.

L'étape d'après me paraissait évidente : mettre mes « victimes » habituelles au défi, elles aussi. Leur proposer de suivre les tutos que j'ai faits d'elles et réaliser leur… autoportrait. On m'avait dit que peu accepteraient. Qu'ils ne s'y risqueraient sûrement pas. Mais visiblement, quand on est sportif ou sportive… l'amour du challenge dépasse largement les terrains. Une série de nos grandes championnes ou champions (ou représentants de clubs) ont directement accepté de se lancer dans ce challenge un peu particulier. Etonnamment, tous avec un certain talent. Ou un talent certain… alors qu'il s'agissait d'une première pour chacun d'eux.

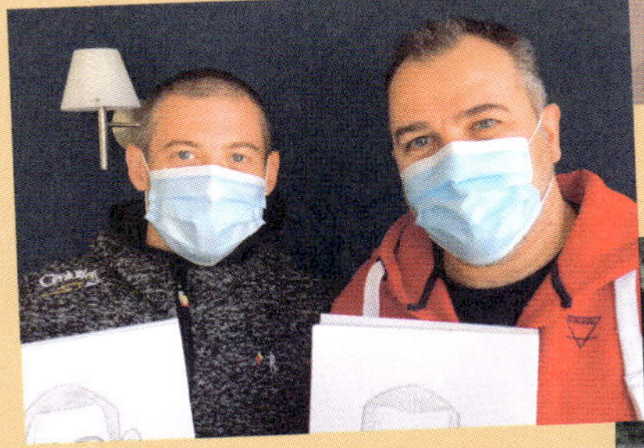

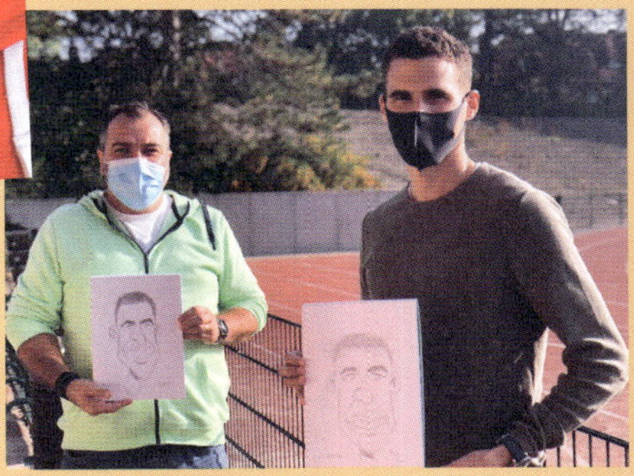

Résultat ? Des dessins totalement inédits qui avaient bien leur place dans les pages de ce bouquin. Des œuvres qui n'entreront peut-être pas au Louvre mais bien dans la postérité. Comme des œuvres totalement uniques. Et quoi de mieux qu'en faire profiter une œuvre caritative en vendant les dessins originaux (en lot) aux enchères au profit de Viva For Life 2020?

Viva for Life
VivaCité

PAD'R
vous raconte le
Croquis Challenge

Toutes les infos sur le Croquis Challenge et sur la vente au profit de Viva For Life sur www.padr.be/croquis-challenge

Nafissatou Thiam

Scannez ce code pour voir la vidéo de ce moment !

Nous nous étions échangé quelques “likes” sur les réseaux sociaux. Mais nous ne nous étions pas encore rencontrés. Pourtant, dès les premières secondes de notre session de dessin, j’étais à l’aise. Nafi est naturelle, simple, souriante... alors qu’elle a été élue sportive de l’année, qu’elle est championne du monde, championne olympique... et qu’elle a un sacré coup de crayon! Réalisé d’une traite, avec bien sûr quelques coups de gommes, cet autoportrait est une nouvelle belle réussite de Nafi...

Michel Preud'Homme

Scannez ce code pour voir la vidéo de ce moment !

C'est dans son bureau au Standard que s'est effectuée la rencontre avec Michel Preud'homme pour le *Croquis Challenge*. Même si, en général, je ne le ménage pas vraiment dans mes dessins, je n'étais pas inquiet : il m'a plusieurs fois dit qu'il appréciait mes dessins et m'a encouragé à continuer... L'ancien entraîneur des Rouches s'est montré appliqué, désireux de... ne pas se rater non plus ! Et franchement, son auto-portrait est plutôt réussi. Pour une première...

John-John Dohmen

Scannez ce code pour voir
la vidéo de ce moment !

Je le lui ai dit d'emblée: John-John n'est pas le sportif le plus facile à croquer. J'ai d'ailleurs longtemps cherché ses traits avant de les apprivoiser. Mais force est de constater que l'ancien capitaine des Red Lions et meilleur joueur de hockey du monde en 2016 est déterminé quand il se lance dans quelque chose. Dès qu'il a pris son crayon (un crayon Pad'R, forcément) en main, il s'est donné à fond. On remarque son trait volontaire dans... sa machoire bien carrée. Pas de quoi lui faire perdre le sourire pour autant...

Jean-Michel Saive

Scannez ce code pour voir
la vidéo de ce moment !

Mon premier conseil à Jean-Mi ? Dessine tes cheveux comme si tu allais faire un palmier. Un peu surprenant, mais notre plus célèbre pongiste a vite compris où je voulais en venir. Avec son bandeau, aussi célèbre que son petit short, on le reconnaît rapidement. Soucieux de faire au mieux, Jean-Mi s'est, comme tous les autres, bien appliqué... ajoutant, en final, une petite touche personnelle avec son fameux “tchoooo” qu'il a, lui même, tenu à ajouter...

Kevin Borlée

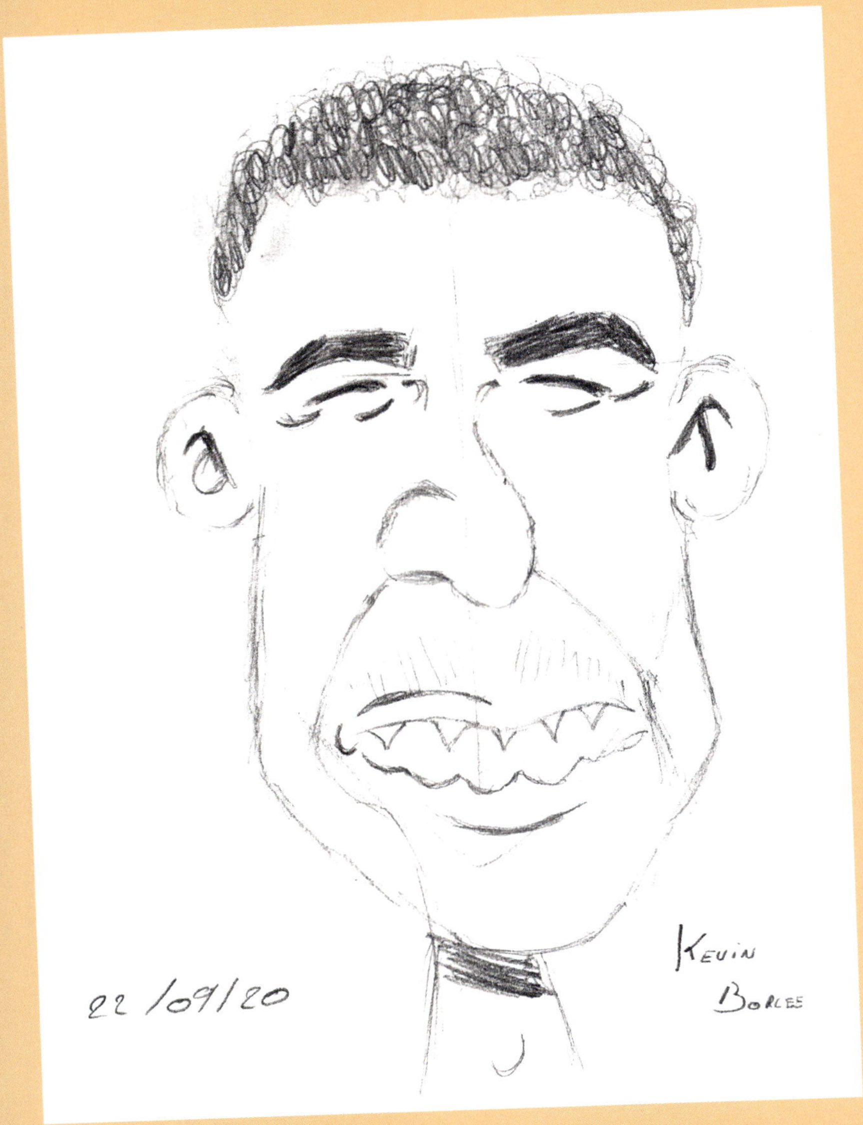

Scannez ce code pour voir la vidéo de ce moment !

Signe Jonathan, si tu n'es pas content. Cette boutade lancée en fin de séance à Kevin n'avait pas vraiment de raison d'être : cet autoportrait n'est franchement pas mauvais. Avec une belle application donnée à ses cheveux, Kevin Borlée a montré qu'il avait la fibre artistique, même si sa prof de dessin a pu lui dire le contraire par le passé. Ce dessin réalisé en bord de piste, à Bruxelles, contient toute la détermination d'un champion. Cela s'est vu... aussi à l'état de la gomme après la séance.

Mehdi Bayat

Scannez ce code pour voir la vidéo de ce moment !

Glisser un crayon dans les mains du responsable du Sporting de Charleroi et Président des Diables Rouges... La situation avait quelque chose de surréaliste. Surtout que mon crayon à moi n'a pas toujours été tendre avec Mehdi Bayat... Et savez-vous par quoi nous avons commencé la caricature? Par ses cheveux... sa “moumoute” comme il me l'a glissé, en rigolant, pour (de toute évidence) faire référence à l'un de mes anciens dessins... En voyant le dessin de Mehdi, on constate très clairement l'ambition, la détermination. Regardez les traits dans les cheveux ou la barbe. Des traits de big boss, c'est clair !

Vincent Vanasch

Scannez ce code pour voir
la vidéo de ce moment !

C'est un "sourire sur pattes" que j'ai revu à l'occasion du Croquis Challenge. Vincent Vanasch, le meilleur gardien de hockey du monde, m'a bien surpris quand il a démarré son dessin : traits assurés, ambition de tendre vers la perfection, le champion manie aussi bien le crayon que le stick. Le tout avec simplicité et humour...

BELGIQUE, 2060...
...ET À CETTE ÉPOQUE-LÀ, ON POUVAIT JOUER AU FOOT, ALLER AU RESTO, S'EMBRASSER, VOIR SES AMIS,..
IL EST TROP DRÔLE, PAPY !
VOIR SES... QUOI ?
IL DÉLIRE UNE FOIS DE PLUS !
IL A TROP SNIFFÉ SON GEL !!
C'EST QUOI UN RESTO ?
GEL HYDR
-PAD'R

Remerciements

Si vous tenez ce livre entre vos mains, c'est grâce à **Christophe Charlot**. Un éditeur mais aussi, et surtout, un ami, un confident dans les moments les plus sombres… Je ne l'oublierai jamais, fieu. Merci pour ta persévérance, pour les limites que tu repousses. Merci d'avoir ces deux ou trois coups d'avance sur les autres. MERCI. MERCI. MERCI
Merci à **Daphné** pour tes relectures, même si tu ne comprends pas toujours ce que j'ai bien pu écrire. Ah ! Ah !

Merci à **Romain** et sa « Romainmobile » toujours prêts à sillonner la Belgique. On the road again ! Merci pour ta motivation, ton talent et ton ambition. Vive **Grantha Diffusion** !

Merci à **GLS** et à **Elen Edwards** de soutenir et de croire dans *Balles et Masques*
Merci à **Gilles Barbera**, à **Walter Chardon** et **Mehdi Bayat**. Chaque nouveau livre est une belle aventure. Merci d'avoir écrit un nouveau chapitre pour « BALLES & MASQUES ». Au plaisir de vous revoir, messieurs !

Merci à **Françoise Mazuy** de chez Snel. Vous aurez bientôt plus de temps pour lire les livres que vous avez imprimés ;) Et toute l'**équipe de Snel**.

Merci à **Michel Lecomte**. Ce remerciement a une autre saveur cette année… Bon vent, cher Michel !
Merci à **toute la rédaction sportive de la RTBF**.
Merci à l'ensemble de la **rédaction sportive de la DH/ Les Sports +** et à IPM.
Et remerciements particuliers à **Pierre-Eugène Wintgens** et **Jean-Marc Gheraille**.
Merci également à Belgomedia, au Télépro en particulier, et à **Nadine Lejaer** ainsi qu'à **Julien Bruyère**.

Merci à **Nafissatou, John-John, Michel, Mehdi, Kevin, Jean-Michel et Vincent**.

Merci à mes deux amours : **Joannice et Tom**
Merci pour votre patience, votre soutien, votre amour, votre bienveillance.
Ma « p'tite fée », le plus dur est derrière nous. Je t'aime de toute mon âme… ♥

Merci à **Christian**, à **Marie-Anne**. Un jour, on se serrera à nouveau dans les bras.

Merci à ma nombreuse famille.
Huguette, Pierre, Jean-Luc, Chantal, Christian, Monique…et puis, « the next generation », nièces, neveux, petites nièces, petits neveux…
Vous me manquez toujours autant et le covid n'a rien arrangé.

Et puis, à mes fidèles amis, qui me prouvent la solidité des liens qui nous unissent.

Pierre, Manu, Bernard, Ursula, Isabelle, Mehdi, HCM 1er, Dany, Hervé et Ariane.

Gros câlins à **Nin♥n** et **Adrien**.

Remerciements particuliers aux soignants, aides-soignants, infirmières, médecins et à toutes ces héroïnes et héros de l'ombre…

Merci encore et toujours à vous qui avez acheté ce livre et qui me permettez de poursuivre mon rêve…

-PAD'R

Pad'R - Balles et Masques

Editeur responsable : Christophe Charlot

Editions Chronica
www.chronica.be
138 rue de la Pêcherie
1180 Bruxelles

Imprimé à Liège, Belgique par SNEL
(Octobre 2020)

ISBN : 978-2-931115-00-8
Dépôt Légal : D/2020/14823/03

Diffuseur : Grantha Diffusion

LA
DH
LES SPORTS
VOUS GÂTE